Kris Meier

Mein Auto muss weg!

So

Oder

So

So

Da sie jeden Werktag um diese Zeit einen Tritt zur Firma nutzt, muss sie ihn nicht extra bestellen. Pünktlich wie immer surrt der mit neun Sitzplätzen ausgestatte Kleinbus, der 9er-Van heran. Sie steigt durch die großzügige Seitentür ein und nimmt in ihrem Office-Space Platz. Dieser Space ist vom restlichen Fahrgastraum schallisoliert abgetrennt. Zwar ist er etwas teurer als ein Open-Space aber dafür kann sie die verlässlich zwischen 39 und 42 Minuten dauernde Zeit des Tritts konzentrierter für Vorbereitungen nutzen. Heute lässt sie das Tischchen zugeklappt, stellt die Rückenlehne flacher und entspannt sich. Sie will möglichst frisch ankommen, es steht gleich eine Unterredung mit Vertretern einer Privatfirma an. Sie arbeitet im öffentlichen Energie-sektor und ihr Team kümmert sich um die Optimierung der Humanenergie, welche mittlerweile neben der Wind-, Solar- und Müllenergie die vierte Quelle ausmacht. Die anderen Energiequellen der Vergangenheit existieren nicht mehr, deren destruktive, lebensfeindliche Nachwirkungen leider immer noch. Aber das ist heute nicht ihr Thema. Heute soll sie bewerten, ob das von der privaten Firma entwickelte Modul die Einspeisung von Humanenergie in das Stromnetz tatsächlich verbessert.

Draußen surren viele dieser 9er-Vans herum, auch Vans mit weniger und wenige mit mehr Sitzen. Dazwischen bewegen sich zahlreiche Rad- und Pedelecfahrer und auch Läufer. Letztere um einfach Distanz zu überbrücken, aber auch viele Profiläufer, die Briefe und kleine Pakete für ihre jeweiligen Auftraggeber transportieren. Früher legten die Bürger selbst innerhalb von Ortsteilen ihre Strecken mit dem Auto zurück. In der Freizeit fuhren sie mit schweren Autos oft wenige Kilometer zu Laufveranstaltungen, wo sie um die Wette rannten, um dann wieder mit dem Auto nach

Hause zu fahren. Es waren oft Großveranstaltungen mit tausenden von Teilnehmern und langen Staus vor den Parkplätzen. Das Laufen hat schon immer viele fasziniert. Heute ist es wieder ein anerkannter Beruf mit ordentlicher Bezahlung, den viele ausüben wollen. So war es auch schon vor dem motorisierten Zeitalter. Damals hatten die Reichen ihre eigenen Läufer, ein geachteter Berufsstand. Es gab sogar Berufsläufer, die Sprachnachrichten etappenweise über die Alpen trugen, was damals die schnellste transalpine Nachrichtenübermittlung war.

Sprachnachrichten werden natürlich heute so nicht mehr transportiert, Briefe und kleine Pakete schon. Die Transferzeiten sind erstaunlich kurz und da die Städte abgasbefreit sind, genießt der Läuferberuf zudem einen hohen gesundheitlichen Stellenwert. Die meisten betreiben ihn als Nebenjob, haben also das Hobby zum Teilzeitberuf gemacht. Jeder der will kann seine Laufzeiten und -strecken digital erfassen lassen. Es gibt offizielle nationale und internationale Ranglisten, anhand derer gut bezahlende Firmen ihre Läufer anwerben.

Es ist die morgendliche Rush-Hour. Allerdings ist es kein Vergleich mit den chaotischen Verhältnissen, als es noch motorisierten Individualverkehr gab. Sie schaut zum Fenster raus und denkt zurück an die Zeit, als Staus und grausame Unfälle zum Straßenbild gehörten, als das Fahren noch Stress war, geprägt von Aggression, brutaler Rücksichtslosigkeit und die Individualfahrzeuge zuletzt optisch mehr Kriegsgeräten als Fortbewegungsmitteln glichen.

Wie gut hat sie es dagegen heute. Von jedem Standort aus kann sie einen Tritt ordern. Spätestens in 10 Minuten kommt einer dieser Kollektiv-Vans und fährt sie ziemlich auf dem direkten Weg ans Ziel. Im Innenraum herrschen klare Regeln, wie sie eigentlich die Höflichkeit gebietet. Diese wurden zuletzt im öffentlichen Verkehr so missachtet, dass nur noch die ihn nutzten, die nicht anders konnten. Mit der Umstellung auf den ersatzlosen Allgemeinverkehr wurde störendes Verhalten effektiv unterbunden. Belästigende Wiederholungstäter haben ihre Wegstrecken unmotorisiert zu bewältigen, zunächst zeitlich befristet, in schweren Fällen dann eben auf Dauer. Durch erfolgreiche Teilnahme an der Tritt-Verhaltensschulung kann das Recht auf Mitnahme wieder erworben werden, die Hürden sind hoch.

Zunächst wurden die Vans noch von Fahrern gesteuert, mittlerweile bewegen sie sich autonom. Jede spontane oder vorausgeplante Buchung wird im Steuerungszentralrechner, kurz SZN erfasst. Dieser leitet jeden einzelnen Van so effizient wie möglich. Fahrpläne und Haltestellen gehören einer Vergangenheit an, die es sich noch erlaubte riesige und stinkende, dabei meist wenig besetzte Gelenkbusse in langen Intervallen auf starren Routen herumzuschicken. Da es heute weder Staus noch Ampeln gibt, hat sich die durchschnittliche Fahrzeit verringert. Unfälle ereignen sich nur noch sehr selten und wenn überhaupt mit höchstens leichten Personenschäden. Eine Ausnahme bilden unachtsame oder suizidale Fußgänger. Auch Radfahrer kommen manchmal zu Schaden sind aber heute bedeutsam sicherer unterwegs, als zu der fossilen Zeit da in den Straßen faktisch ein Krieg jeder gegen jeden tobte.

Für viele war die nahezu vollständige Abschaffung des Individualverkehrs geradezu traumatisierend. Ein Großteil ihres Lebens verbrachte die breite Bevölkerungsschicht für den Mittelerwerb, für die detailreiche Kaufauswahl, den Unterhalt und die unermüdliche Pflege des eigenen Automobils. Tatsächlich benutzen sie damals das Wort Unterhaltskosten für ihre Autos und Kinder und es war oft nicht klar an was sie mehr Gefallen hatten. Die Autos warteten die allerlängste Zeit auf ihren Einsatz, in eigens dafür gebauten, putzigen Häuschen. Diese hatten sich automatisch öffnende Tore und, kaum zu glauben, mitunter waren sie sogar beheizt. Riesige Flächen wurden mittels aus Rohöl gewonnenem „Erdpech" zu Asphaltwüsten, nur um Parkplätze zu haben.

Einen Park mit Bäumen hingegen musste man lange suchen. Die Innenstädte waren versklavt von abgasstinkenden Blechkolonnen. Hocheffiziente Luftfilter verhinderten, dass Nutzer die vorausfahrenden Stinker riechen, um bloß nicht auf die Idee zu kommen, dass sie genau solche Luftverpester sind. Gigantische Turbinen schaufelten giftige Gase aus den Tunnels. Klimaanlagen verhinderten den Kontakt zu einer unerträglich gewordenen Umwelt. Ja am Ende der Ära ließen sich die Autofenster gar nicht mehr öffnen. Abgesondert vom eigenen Planeten rollten sie wie Aliens durch eine verödende Landschaft. Woran sich allerdings immer weniger störten. Denn mit irrsinnigem technischem Aufwand wurden autonom fahrende Karossen entwickelt und bald massenhaft gebaut. In deren Inneren konsumierten sie auf großen, brillanten Bildschirmen stumpfsinnig Unterhaltungsfilme. So vollzog sich nach der physischen Absonderung von der natürlichen Umwelt auch noch die mentale, hin zu einer industriell erzeugten, artifiziellen Wahrnehmungswelt.

Als es durch tägliche, endlose Staus und ständige Gefahrenzunahme immer lästiger wurde, Straßen zu befahren, begannen sie - ihrer fehlgeleiteten Logik folgend- mit sogenannten Flugtaxis nach oben auszuweichen. Damit breitete sich die zuvor auf Flughafennähe begrenzte Lärmbelästigung überall hin aus. Die den Vermögenden vorbehaltene Luftkraftfahrzeuge blieben trotz Wasserstoffantrieb weitaus energiehungriger als die Landkraftwagen und gelten als letzter Exzess in der langen Reihe der Mobilitätsperversionen.

Die breite Masse der Nutzer wurde damals über die Destruktivität der Herstellung dieser zweifelsohne technisch hochspezialisierten Fortbewegungsmittel durch bewusste Desinformation hinweggetäuscht. Wusste einer, dass um die Reifen schön schwarz zu machen Ruß zugemischt wird und für diesen Ruß eigens tonnenweise Rohöl unsauber verbrannt wurde? Wem wurde gesagt, dass jährlich zehntausende neue Reifen direkt in Zementwerken verheizt wurden, nur um deren Marktpreis nicht zu gefährden? Das hätte ja alles den Fahrspaß verderben können, auf welchen viel Wert gelegt wurde. Es wurde zwischenzeitlich historisch bis ins Einzelne aufgearbeitet welch infernalische Genesis aus Krach, Dreck, Sondermüll und Menschenschinderei damals im Gang war. Dem Endverbraucher genehmigte man lediglich unter Aufsicht eines Führers Einblicke in aufgeräumte Montagehallen. Dort wurden die größtenteils in unterentwickelten Ländern unter übelsten Zuständen vorgefertigten Einzelteile durch Roboter und wenige tarifentlohnte und ergonomisch entlastete Arbeiter nach strengen Qualitätskriterien zusammengepuzzelt. Den meisten Bürgern wurden die Prachtmaschinen erstmals in

Hochglanzprospekten oder in klimatisierten Verkaufshallen präsentiert, sogenannten Autohäusern. Dort standen sie auf hellen Fliesen, wie von einem Stern gefallen und sanft aufgefangen. Smarte Verkäufer erklärten geduldig und huldsam, was die neuesten Wundermodelle alles konnten. Dabei wurden mit verzücktem Lächeln und galaktischem Blick irrsinnige Funktionen wie Head-up-Display präsentiert, Dinge die ansonsten in Kampfjets verbaut waren. Sogenannte Assistenzsysteme suggerierten eine Pseudosicherheit, die die jeweiligen Fahrer im Glauben ließen, sie seien auch im physikalischen Grenzbereich noch sicher unterwegs. Dabei gab es täglich überall verheerende Unfälle, es sah dann aus wie nach Kriegshandlungen oder Terroranschlägen. Derweil Tote, Trümmer und Verstümmelte schnell weggeschafft wurden, meldete ein Radiosprecher mit unbeteiligter Stimme ganz neutral: *wegen Unfallaufnahme ist dort und dort mit Verzögerung zu rechnen, kommen Sie gut nach Hause.*

Diesen tonnenschweren, dabei oft wenig intelligent gesteuerten Lenkgeschossen wurden weltweit Jahr für Jahr zigtausende Menschenleben geopfert, hunderttausende blieben verkrüppelt zurück. Mancherorts waren Warntafeln aufgestellt.

Offizielle Hinweistafeln auf passierte Unfälle wurden vermieden. Jeder sollte glauben, dass es nur die anderen erwischt. Die Bestrafung der Täter war verhältnismäßig gering. Überwacht wurde der Straßenverkehr nur sporadisch. Kein Politiker wollte seine potentiellen Wähler damals durch effektive Verkehrskontrollen verärgern. Besonders nicht im kommunalen Bereich, weshalb sensible Straßenabschnitte vor Kindergärten oder Schulen so gut wie nie einer Kontrolle unterzogen wurden. Durch teilweise illegale, aber durchaus tolerierte Technik im Fahrzeuginneren waren die meisten ohnehin immer vorgewarnt.

In Deutschland konnten sensorisch wie geistig beeinträchtigte Hochbetagte ohne jegliche Kontrolle jeden Personenkraftwagen unbegrenzt steuern. Den Ärzten dort war meistens klar, dass bei vielen älteren Patienten die Fahrerlaubnis entzogen werden müsste. Jedoch sie schwiegen oder stellten noch Gefälligkeitsatteste aus. Es sprach sich schnell herum, wenn ein Arzt einem Dementen den Führerschein abnehmen ließ, mit der Folge, dass viele andere Patienten seiner Praxis fernblieben. Die Kraftwagen selbst mussten hingegen regelmäßig zur technischen Überprüfung vorfahren. Tötete ein Fahrer einen Menschen im Straßenverkehr, kam er so gut wie immer mit einer milden Strafe davon.

Erst als das Automobil gesellschaftspolitisch zunehmend kritischer bewertet wurde, begann auch die Justiz kriminelles Fahrverhalten vernünftig zu bestrafen und mordende Raser wurden dann auch wegen Mord angeklagt. Während sich in fast allen Ländern schon die Einsicht durchgesetzt hatte, dass auch auf kreuzungsfreien Schnellverbindungsstraßen eine Höchstgeschwindigkeit gelten muss, sträubte sich genau das ansonsten hochentwickelte Deutschland mit aller Macht noch lange dagegen. Dort wurden weltweit die meisten Autos gebaut und die Industrielobby bestimmte an jedem Bürgerinteresse vorbei das politische Geschehen. Der No-speed-limit-Wahnsinn wurde toleriert, damit ihre Autos in anderen Ländern allesamt als Rennwagen angesehen wurden, was ihrem Export dienlich war. Die paar dutzend Verkehrstoten und paar hundert Schwerverletzten mehr im Jahr wurden billigend in Kauf genommen. Dabei war auch dort eine Mehrheit der Bürger für Tempobegrenzungen, besonders unter denen, die mit ihren Kindern unterwegs waren. Die Politik jedoch hatte in dieser wirtschaftsdominanten Phase im Gegensatz zum industriellen, kaum ein Schutzinteresse an ihren Bürgern. Diesbezügliche Bekundungen waren allenfalls zahnlose Lippenbekenntnisse oder schlicht Wahlkampfstrategie.

Geschützt wurde nicht der Bürger als Mensch sondern als steuerzahlender Verbraucher, mit äußerst negativen Folgen auf die Lebensgrundqualität. Wie gebetsmühlenartig predigten Politiker das Lied vom Arbeitsplatz- und Wohlstanderhalt. Dabei waren die Arbeitsverhältnisse größtenteils unwürdig und hergestellt wurde massenhaft allerlei Ressourcen verschwendender Neumüll, der kaum produziert wieder entsorgt werden musste. Der Wohlstand bestand längst nicht mehr aus der soliden Befriedigung von Grundbedürfnissen, sondern aus einem rauschsüchtigen Zusammenraffen kurzlebiger Konsumgüter.

Christliche Feste wurden ihrer spirituellen Dimension beraubt und als Einkaufsalibi missbraucht. Für Kinder lagerten dutzende von weit her importierte Plastikprodukte unter dem Weihnachtsbaum. Singen oder beten konnten sie hingegen nicht mehr. Jeder

Industriezweig wurde im Jahreslauf bedacht, entweder durch Missbrauch traditioneller Feste oder indem einzelnen Branchen nutzende Kunstfesttage geschaffen wurden.

Der Historiker J. Wagenhals bezeichnete diese ausgesprochen destruktive Menschheitsepoche als konsumistische Pekunikratie. Nie sahen Politiker damals glücklicher aus als beim zerschneiden putziger Bänder zur Freigabe von Straßen oder sonstiger frisch versiegelter Flächen. Davon erschienen dann massenhaft auf Papier gedruckte Zeitungsartikel, wo sie sich in einer Gruppe zeigten. Jeder einen nagelneuen Spaten in der Hand, um wie zum Hohn öffentlichkeitswirksam zwischen Asphaltwüsten kompensatorisch ein Bäumchen einzupflanzen. Bezeichnend für diese blutkapitalistisch entfesselte Zeitepoche war auch, dass erst der von einer minderjährigen Skandinavierin angestoßene, anhaltend protestierende Hinweis einer Schülergeneration den entscheidenden Sinneswandel auslöste. Zum einen dahingehend, dass der drohende Klimakollaps unserer Erde nicht nur bemerkt, sondern tatsächlich auch ernstgenommen wurde. Zum anderen, dass die primär einer wahnwitzigen Produktion huldigende Gesinnung der politischen Elite allgemein erkannt und dann folgerichtig verachtet wurde.

Nun wurde allerdings gerade in Deutschland der Paradigmenwechsel zunächst nicht und dann zu spät bemerkt. Die globale Masse der Autokäufer orientierte sich um. Nicht zuletzt auch deshalb, weil sie aufgrund extremer Klimaveränderungen einsichtiger wurde. Top-Speed, aufgeblähte PS-Stärke und Luxusausstattung waren nicht mehr das Wichtigste, sondern geachtet wurde auf smarte Funktionalität und effizienten Antrieb. Und insbesondere letzteres wollte in besagtem Autoland lange keiner wahrhaben. Es gibt zahlreiche überlieferte Lippenbekenntnisse politischer Funktionäre pro umweltverträgliche Antriebstechniken, faktisch wurde dort jedoch bis zuletzt krampfhaft am dreckigen Verbrennungsmotor festgehalten, welcher zynischerweise auch noch als sauber deklariert wurde. Dabei war damals schon klar, dass dieser ehrlich gerechnet, also abzüglich der Verluste für Gewinnung, Transport und Raffinerie von Öl, abzüglich der Wärmeentwicklung und des Verbrauchs, um das tonnenschwere Fahrzeug an sich zu bewegen, einen Wirkungsgrad von unter 5 Prozent besaß. Von 100 Litern gefördertem Rohöl nutzten sie keine fünf davon um ihre Körper und die Nutzlast zu transportieren. Der Rest verpuffte sinnlos in die Atmosphäre. Andere Antriebe waren bereits damals deutlich überlegen. Innerhalb weniger Jahre brach der Export von benzin- und dieselbetriebenen Autos massiv ein. Da der Wohlstand dieses besagten Staates über Jahrzehnte darauf fußte, kam es dort zu brutalen Sozialproblemen. Es kann allerdings auch keiner behaupten, sie wären nicht vorgewarnt gewesen. Vielmehr waren sie einem unselig stupidem Immer-weiter-so verfallen. Am peinlichsten waren die sogenannten Verkehrsminister dieser Epoche. Sie waren oft die Minderintelligenten unter den Ministern, und ihr Bestreben, oberflächlich Fortschritt zu propagieren, im Grunde jedoch den fossil-destruktiven Verkehr zu bewahren wurde nach und nach auch jedem einfachen Mitbürger erkenntlich. Der zwangsläufige Absturz von einer wohlhabenden Industrienation zum Schwellenland war in diesem Tempo weltweit einmalig, mit Ausnahme in Ländern die in Kriege verwickelt waren. Und die großen Kriege, sarkastisch verharmlosend Konflikte genannt, waren damals ausschließlich Rohstoff-, meistens Ölverteilungskämpfe. Angezettelt von den reichen Ländern, indem ganze Völkerschaften oft pseudo-religiös und unglaublich perfide gegeneinander aufgehetzt wurden.

Es war das schwarze Zeitalter. Benannt nach dem schwarzen Öl und seinen schwarzen

Folgeprodukten. Überall war es beteiligt: am schwarzen Asphalt, an den rußgeschwärzten Autoreifen, an den hochgiftigen Abgasen. Letztlich wurde das schwarze Öl über die Erde ausgewalzt wie ein lebensfeindlicher Teppich und die Luft damit getränkt. Dann spielte das Klima verrückt. Auch in bis dahin gemäßigten Klimazonen häuften sich zerstörerische Überschwemmungen mit hunderten Todesopfern. Erst als Dürren im Wechsel mit anhaltendem Starkregen zum globalen Mangel von Nahrungsmitteln führten, kamen auch die politisch Verantwortlichen zur Besinnung.

In manchen Staaten wie beispielsweise im Autoproduktions-Deutschland, konnte der Umschwung erst durch einen Bürgeraufstand eingeleitet werden. Bis zuletzt legten dort die verantwortlichen Minister ein aus heutiger Sicht unfassbar industriehöriges Tun und Lassen an den Tag. Mit immer neuen Verordnungen, vordergründig zur Luftverbesserung, wurden die Einwohner gezwungen sich neue Autos zu kaufen und das in immer schnelleren Zyklen. Ihre, dabei zunächst oft noch steuerlich begünstigt, weil angeblich umweltfreundlich und dann plötzlich als klimafeindlich deklarierten Kraftfahrzeuge, wurden in andere Länder verbracht. Als ob das Klima keine globale Angelegenheit ist. Andererseits schonte man die Interessen der Hersteller wo immer es ging. Die Ressourcenverschwendung durch den politisch erzwungenen, permanenten Autoaustausch wurde offiziell nie thematisiert.

Bewirkt hat den rettenden Umschwung nicht menschliche Intelligenz, sondern Not. Ehrliche Wissenschaftler und kluge Menschen haben auch schon während der raubkapitalistischen Zeitepoche den human verursachten Schiffbruch des Mutterschiffs Erde prophezeit. Allein die macht- und geltungssüchtige Elite hat jede Warnung ignoriert. An der Spitze maßgeblicher Staaten standen zuletzt skrupellose Lügner und Betrüger. Klimabedingte Naturkatastrophen und existentieller Mangel, also Hunger und gnadenlose Hitze in weiten Teilen der Welt haben schließlich dieses verblendete Zeitalter beendet. In manchen Regionen kam es zu Unruhen und Revolutionen. Ausgelöst hat den globalen Umsturz auch, eine sich in der damals sogenannten ersten Welt bildende Mehrheit verständiger Bürger, die durch materielle Reduktion in Bezug auf den verbreiteten, irrwitzigen Luxus eine Deflation auslösten. Dadurch kollabierte das auf Gewinnmaximierung ausgelegte und bereits überhitzte System, bevor es der Menschheit die planetarische Lebensgrundlage entzogen hätte.

Nur gut, dass diese aus heutiger Sicht destruktiv-dunkle Menschheitsepoche noch rechtzeitig unterging, damit sich der Globalorganismus Erde weitestgehend wieder erholen konnte.

Sie ist da. Der Van hält direkt vor dem Gebäude, ihrem vorgebuchten Zielpunkt. Obwohl sie sich jetzt in der Innenstadt befindet, ist die Luft klar und rein und es ist sehr ruhig. Lediglich die Abrollgeräusche einiger Vans sind zu hören. Mittlerweile sind alle an die leise Mobilität angepasst. Es gibt keine Unfälle mehr mit Fußgängern. Die Vans fahren innerorts maximal 30 km/h und sind mit automatischen Notstoppsystemen ausgerüstet. Die Fußgänger sind zudem achtsamer geworden, sie sind sozusagen an die Ruhe gewöhnt. Berichte über die abgasstinkende, von Motorenlärm geplagten Städte der Fossilzeit führen zu mitleidvollem, ungläubigem Kopfschütteln.

Auch die anderen Teilnehmer sind entspannt angekommen und konnten sich während der Anfahrt vorbereiten. Die Sitzung beginnt pünktlich. Die Gäste der privaten Firma stellen ihr Konzept schlüssig vor. Bislang muss jeder sich mit seiner persönlichen Energiecard am jeweiligen Muskor einloggen, damit die von ihm geleistete Arbeit auf sein Konto gutgeschrieben wird. Muskor ist die Abkürzung für Muskelgenerator, ein human betriebenes, stationäres Fitnessgerät, welches anders als die der früheren Zeiten keinen Strom verbraucht, sondern produziert. Es gibt Muskoren in wettergeschützten Hallen, im Freien und auch in jedem Fernzug, welcher heute Zuc heißt. Muskoren werden mit Bein- und/oder Armbewegungen angetrieben. Jeder kann sie jederzeit benutzen und solange er will durch körperliche Anstrengung Strom produzieren. Strom welcher in das allgemeine Netz eingespeist wird. Pro eingespeisten 100 Watt erhält der Stromerzeuger einen festgelegten Betrag auf sein Konto gutgeschrieben. Die Motivation zur Muskornutzung ist unterschiedlich. Manche bessern damit ihr geringes BGE auf. Das BGE wird jedem Bürger vom Staat monatlich ausbezahlt. Dieses bedingungslose Grundeinkommen reicht zwar zur Befriedigung der Grundbedürfnisse, zu mehr aber auch nicht. Andere, fitnessaffine oft gutbezahlte Lohnempfänger nutzen Muskoren zur sportiven Betätigung. Viele davon spenden die erarbeitete Summe an gemeinnützige Projekte. Der Betrag wird dann direkt dorthin gebucht und sie erhalten als Anerkennung diesen Wert in einer virtuellen Sozialwährung angerechnet. Diese Währungsform hat keinerlei materiellen Gegenwert. Sie dient zur Motivation altruistischen Handelns und zeigt den diesbezüglichen individuellen Status an.

Im Gebrauch der Muskoren erfüllen hauchdünne, wasch- und zu 100 % recyclebare Griff- und Sitzüberzüge die hygienischen Ansprüche. Es gibt zwar auch noch privat betriebene Fitnessstudios mit allem Schnickschnack. Diese unterliegen jedoch der Luxussteuer und sind deshalb nicht mehr an jeder Ecke zu finden. Auf alles außer Grundnahrungsmittel, Basic-Kleidung, Toilettenpapier, Seife und wenige weitere Ausnahmen wie beispielsweise Brot-und-Butter-Fahrräder wird diese Extrasteuer erhoben. Damit wird der allgemeine Konsum auf ein vernünftiges Maß gedrosselt. Mit dem Steuererlös werden Maßnahmen finanziert, um die destruktiven Produktionsschäden an der Natur zu reparieren und die etablierten weitestgehend geschlossenen Wiederverwertungszyklen zu erhalten und immer weiter zu optimieren.

Das vorgestellte Produkt bestand nun darin, dass durch ein Software-Update am zentralen Muskorserver künftig die persönliche Identitätskarte am Muskor eingelesen und damit die Energiecard entfallen kann.
Sie bekundete, dass diese Innovation vielsprechend ist, da sie ohne großen Aufwand zur Abschaffung der Energiecard führt und damit der Grundmaxime *Weniger Verbrauch bedeutet mehr Wert* entspricht. Sie stellte den Besuchern in Aussicht, sich mit

den Entscheidern der oberen Behörde abzustimmen, ob es zu einer Präsentation im Exekutivkomitee kommt. Dieses Komitee kurz EK ist die letzte Instanz zur Zulassung öffentlich finanzierter Projekte. Das EK setzt sich aus vier ständigen und zwei variablen Mitgliedern zusammen. Jeweils die Hälfte sind hochrangige Politiker, die andere Hälfte qualifizierte Wissenschaftler. Industrievertreter, Wirtschaftsfunktionäre oder gar Berufslobbyisten, die solche Gremien in der dunkel-kapitalistischen Zeitepoche dominierten, sind heute selbstverständlich ausgeschlossen. Damals war in solchen Gremien die Anzahl der Mitglieder immer ungerade und die Wirtschaftsleute hatten stets einen Sitz mehr als die meist kritischeren Wissenschaftler. Das Abstimmungsergebnis war also pro Industrie vorprogrammiert. Heute sind die Diskussionen länger, sachlicher und die Ergebnisse entsprechen mehr den Belangen der Natur und den natürlichen Bedürfnissen der Menschen.

Die Regierung hat auch eine grundsätzlich andere Ausrichtung erhalten. Waren frühere Wirtschaftsminister willige Sprachrohre einer entfesselten Industrie, Finanzminister Vasallen gieriger Geldinstitute, Verkehrsminister Asphaltjunkies, Umweltminister zahnlose Mitläufer und die Landwirtschaftsminister ausgebuffte Wegbereiter einer tierfeindlichen und naturzerstörenden Agrarindustrie, so gibt es heute Ministerien mit geradezu gegenläufiger Stoßrichtung. Beispielsweise sorgt der Mobili-Minister für ein maximal ressourcenschonendes Transportwesen, der Faun-Art-Minister ist für Pflanzen- und Artenschutz zuständig, der LuWaBo-Minister kümmert sich um die Reinhaltung von Luft, Wasser und Boden. Letzterem ist das Referat Recy100 unterstellt, welches überwacht, dass jeder einmal produzierte Gegenstand zu 100 % wiederverwendet werden kann und auch wird. Diesem Referat sind durchgreifende

Befugnisse eingeräumt, bis hin zur vorübergehenden oder auch dauerhaften Stilllegung ganzer Produktionsketten.

Am Nachmittag steht für sie noch ein Termin mit einer Referentin des Recy100 Ressorts an. Die Umstellung der Autoproduktion hat zur Ressourcenschonung unseres Planeten geführt wie keine andere Maßnahme sonst. Es klingt aus heutiger Sicht pervers, dass in der Zeit des größten Artensterbens laufend neue Arten und Variationen an Automobilen entstanden sind. Damals konnten sich Millionen Bürger per Internet „ihr" Auto zusammenstellen, was „konfigurieren" oder noch alberner „personalisieren" genannt wurde. Die Auswahlmöglichkeiten an Farben, Stoffen oder Lederarten, Motorleistung und Extraausstattungen war gigantisch. Dementsprechend aufwändig waren Produktion und Ersatzteilmanagement, ganz zu schweigen von der Wiederverwertung der hochwertigen Materialien. Nur der geringste

Teil landete wieder am Beginn der Produktionskette. Heute gibt es diesen Exzess nicht mehr. Da der gedankenlos verschwendende Kapitalismus wenig Rohstoffe zurückgelassen hat, ist es heute unabdingbar, dass jede Substanz maximal lange genutzt wird. Die einstige *Nach-uns-die-Sintflut-Hauptsache-wir-haben-alles-Mentalität* ist einer verantwortungsbewußten, zukunftsfähigen und damit achtsamen Haltung gewichen.

Wobei es erfreulicherweise auch damals schon Bestrebungen gab, Autos so nachhaltig wie möglich herzustellen und zu betreiben. So haben Mobilitäts-Pioniere eines Münchner Start-up in dieser ansonsten fehlgeleiteten Epoche, ein spartanisches auf das Wesentliche reduzierte Elektroauto entwickelt. Dieses war rundum mit Solarzellen bestückt, so dass es für damalige Verhältnisse eine erstaunliche Reichweite erzielte. Ein Nachfolgemodell dieses seinerzeit extrem fortschrittlichen Autos ist heute das einzige für den Individualverkehr zugelassenes Kraftfahrzeug. Allein der bemerkenswerte Idealismus seiner Entwickler und Unterstützer sowie das beharrliche Widerstehen verlockender Übernahmeangebote verhinderte, dass dieses Hoffnungsprojekt damals von etablierten Herstellern und Strukturen aufgesogen und vereitelt wurde.

Durch die aktuelle zentrale Planung und Herstellung aller Mobilitätsfahrzeuge ist es gelungen, diese mit minimalistischem Materialeinsatz zu produzieren. Auch das Wiederverwerten ausrangierter Fahrzeuge ist auf höchstem Niveau optimiert. Die Laufleistung der verbreitetsten e-Kraftfahrzeuge, dem 9er-Van liegt bei durchschnittlich zwei Millionen Kilometer. Eine lückenlose Wartung in den kommunalen Werkstattzentren sowie ständige Verbesserung der zum Einsatz kommenden Austauschelemente haben dies möglich gemacht. Alles ist bei diesen Fahrzeugen auf maximal effiziente Herstellung,

Reparaturfreundlichkeit und Wiederverwertung und ganz im Gegensatz zur früheren
Zeit natürlich auch auf Langlebigkeit ausgelegt. Pannen gibt es bei den nahezu rund um
die Uhr betriebenen Vans nur äußerst selten.
Nennenswerte Verspätungen treten ausfall-
bedingt nicht auf, da in den Zentren stets eine
je nach Größe des Versorgungsgebietes ge-
staffelte Anzahl von Ersatzfahrzeugen ein-
satzbereit vorgehalten wird.

Im Rec-Controlling wurde festgestellt, dass
durch den Materialmix der von einem
privaten Zulieferer gefertigten Sitzbezüge,
deren cradle to cradle Verwertung Probleme
macht. Gestern wurde sie darüber in
Kenntnis gesetzt, heute Nachmittag er-
läutert ihr die zuständige Referentin dazu die
Einzelheiten. Direkt im Anschluss kon-
taktiert sie den Zulieferer und bittet um
Stellungnahme innerhalb von 24 Stunden.
Sollte es diesem nicht gelingen, dem An-
spruch der 100%-Wiederverwertung zeitnah

gerecht zu werden, wird das Produkt neu ausgeschrieben. Kompromisse werden nicht eingegangen.

Während der Rückfahrt nach Hause bucht sie mit wenigen Klicks die Fahrt zu dem am Vorabend mit der Familie abgesprochenen nächsten Winterurlaub: zwei Erwachsene, drei Kinder, Hinfahrt am 23. Dezember 14:20 Uhr, zurück am 02. Januar um 11:15 Uhr, jeweils Cabiengröße Mittel.

Im Verlauf des Herbstes wird die Funktion der Energiecard auf die Identitätscard übertragen. Da es der privaten Zulieferfirma nicht im vorgegebenen Zeitfenster gelungen war, das Materialproblem der Sitzbezüge zu lösen, wurde ebenfalls noch vor den Winterferien eine andere Firma mit deren Herstellung betraut.

Am 23. Dezember begibt sie sich wenige Minuten vor der Abfahrt mit ihrer Familie bei 19 Grad Außentemperatur in ihre gemütliche Cabien. Mit wenigen Handgriffen koppeln sie diese vom Haus ab. Kaum haben sie die Rollwand, an der Seite wo die Cabien als ein Zusatzzimmer ansonsten mit der Wohnung verbunden ist, zugezogen und die Kinder die Spielsachen aus der Schublade geholt, werden sie mit sanftem Ruckeln vom locall- e-Transporter abgeholt. Dieser transportiert auf Bestellung einzelne Cabiens über kurze Distanzen. Zunächst werden sie zum lokalen Zuc-Hof gebracht und dort, ohne auszusteigen, mit anderen eben eingetroffenen Cabiens auf den Mittel-Zuc verladen. Mit einigen kurzen Zwischenstopps erreichen sie bald den nächstliegenden Hauptzuc-Hof. Hier staunen die Kinder über die zahlreichen Cabiens und die Eltern wundern sich, wie rasch und präzise das Umladen mittels der Elektrokräne von statten geht. Die meisten Reisenden kommen mit einem Pedelec, welches die Mehrzahl von ihnen in den geräumigen Rad-Wagon mitnimmt. Dort stärken Ladestationen während der Fahrt die Akkus.

Sie können dem geschäftigen Treiben aber nur kurz zusehen, denn schon geht es weiter mit dem Überland-Zuc. Da sie mit diesem einige Stunden fahren werden, verspüren sie Lust sich zu bewegen und gelangen durch die Seitentür in den Gang des Zucs. Wie Perlen sind die Cabiens in zwei Etagen aneinander gefädelt. An über fünfzig gehen sie vorbei, in allen Größen und Längen der Kategorien klein, mittel und groß. Manche gewähren einen Blick ins Innere und zeigen, wie unterschiedlich die Geschmäcker in der Ausgestaltung sind. Dann erreichen sie die Kollektivzone, mit den Abteilungs- und Großraumwagons. Da sie sich nachher in ihrer Cabien selbst etwas kochen wollen, widerstehen sie den Veggi-Verlockungen des Speisewagens. Ihr Mann will noch einen Abstecher in den Rad-Wagon machen, um sich Anregungen für sein nächstes Pedelec zu holen. Außerdem gibt es oft Mitreisende, die ihr Ped zum Verkauf anbieten. Da stehen sie in mehreren Reihen. Manche sind mit einem Teilwetterschutz ausgerüstet.

Vollverkleidete Modelle sind heute nicht an Bord. Mit dem Besitzer eines USP, also eines Ultra-speed-Ped kommt er ins Gespräch. Dieser berichtet, dass er damit die tägliche 55 km lange Fahrt zur Arbeit bei Wind und Wetter in einer knappen Stunde zurücklegt und der Akku bei Volllast für 160 km ausgelegt ist. Zweifelsohne ein super Bike, aber für seine Bedürfnisse überdimensioniert. Ein anderer berichtet von seinem Long-Distance-Ped, kurz LDP, welches rundum mit Solarpanels bestückt ist, die Bremsenergie rückgewinnt und bergab eine Windturbine einsetzt. Dadurch bewältigt es mit einer Akkuladung über 200 km. Wozu soll das denn nun gut sein, fragt er sich. Schließlich gibt es flächendeckend ein dichtes Netz von schnellen Ladestationen.

Als es draußen zu dämmern anfängt, ziehen sie sich in ihre Cabien zurück und bald dampfen die Nudeln auf dem Tisch. „Mama schau! Saurircars, da hinten." Und da waren tatsächlich noch einige unterwegs. Auf zerlöcherten, staubigen Straßen holpern die stinkig-stickigen, fossil betriebenen Metallkistchen durch die Gegend. Offensichtlich wird mal wieder um die Wette gefahren. In den Augen der Zucreisenden ein bemitleidenswertes Spektakel. Niemand verschwendet für diese aussterbende Minderheit noch Aufmerksamkeit.

Die Cabienbeleuchtung erlaubt ihnen noch einen geselligen Abend im Familienkreis. Später klappen sie die Betten auf und kaum haben sie sich hingelegt, umfängt sie tiefer Schlaf. Die Eltern wachen kurz auf, als sie noch zweimal um- und schließlich abgeladen werden, die Kinder schlafen durch. Am nächsten Morgen weckt sie die Sonne. Sie sind am Zielort angekommen, gut 1000 km südlicher. Sie ziehen die Rollos hoch und genießen von ihrer Cabien aus den Panoramablick auf die Berge. Die Eltern erläutern, dass es früher hier mal Schnee und Lifte gab. Ausgeruht wie sie sind, öffnen sie die Rollwand und gehen durch den kurzen Verbindungsgang zum Hauptgebäude.

Es ist ein schönes Hotel mit einigen klassischen Übernachtungszimmern für cabienlos Reisende. Es gibt einen Wellnessbereich, auch zwei Restaurants. Sie genießen den Urlaub von der ersten Minute an. Und die Rückfahrt? Wird noch schöner, da sie dann bei Tag durch die herrliche und mit etwas Glück vielleicht auch verschneite Berglandschaft fahren werden, welche heute noch im Schlaf an ihnen vorüberzog.

So könnte es uns doch noch ganz gut gehen.

Oder ansonsten könnte es uns bald

So ergehen:

Die Sonne klimmt durch den beißenden Smog. Überall ist es heiß und stickig. Nur selten regnet es graue Tropfen vom blassen Himmel. Das Wasser schmeckt bitter und sie trinken nur wenig davon, keinem bekommt es. Manchmal ist es kalt, sehr kalt. Dann verbrennen sie vom struppigen Gebüsch.
Zwar brennt noch vieles was sie finden, doch dann mischt sich unerträglich beißend Rauch mit Rauch. Manche Büsche tragen kleine saure Beeren. Getier ist selten, aber leicht zu jagen. Sie wohnen in grauen Ruinen, meist erdnah, weil diese sich halten. Braunes Wasser schwitzt aus den Wänden. Viele von Ihnen haben fünf und mehr Gliedmaßen, manche zwei Köpfe. Kaum haben sie Kinder,

sterben sie selbst. Die, die sich weiter weg wagten kamen meist zurück. Es gehe allen überall gleich, sagten sie. Einige berichten von runden Türmen und daneben riesige, rissige Betongewölbe. Alle diese schreien bald vor unheilbaren Schmerzen und sterben entsetzlich.

Sie wissen alle, dass es ihren Urahnen anders erging auf diesem Planeten. Dass diese kreuz und quer durch die Lüfte flogen und noch kreuz und querer über Land fuhren, dass die gierig in der Erde suchten, bohrten und schmutzten. Unablässig und immer schneller wurden aus Rohstoffen Dinge gemacht und aus diesen Müll, auch Müll der immer noch tötet, besonders bei den hohen runden Türmen. Sie wissen, dass es damals noch hohe und große Pflanzen gab und starke Tiere und dass man mehr vom Wasser trinken konnte. Noch manches andere wissen sie von ihren Vorfahren, ohne dass es ihnen nützt. Und sie hassen uns.

Die letzte Warnung?

Wer seid ihr schon? Ihr habt keine scharfen Zähne, keine Krallen, kein wärmendes Fell. Ihr seid weder stark noch schnell. Im Wasser könnt ihr wenig, in der Luft nichts und an Land wurdet ihr gejagt. Ihr hattet eigentlich keine Chance, eigentlich. Aber dann habt ihr euren einzigen Vorteil, euer Denken benutzt und damit alle Feinde besiegt. Ihr habt euch durchgesetzt, diesen Planeten erobert. Und jetzt seid ihr dabei, ihn zu zermahlen. Ihr wisst das genau, aber ihr ändert euch nicht. Deshalb werde ich euch ändern. Ich werde fortan immer unter euch sein und ich werde euch jagen. Ich werde mich verändern, immer wieder. Damit ihr mich nicht ausrotten könnt mit euren Waffen. Die ihr jetzt in Windeseile schmiedet. Mich werdet ihr nicht über-winden. Ihr könnt euch anstrengen so viel ihr wollt. Viele von euch habe ich schon getötet und es werden noch viele folgen. Wie ein Raubtier suche ich nach den Schwachen,

Alten und Kranken. Ich hoffe ihr erkennt, dass ihr so nicht weitermachen könnt. Nicht hier! Es gibt unter meinen Verwandten Schlimmere als mich, weitaus Schlimmere. Sie schlummern in den tiefen Wäldern in den Tieren dort. Ändert ihr euch nicht, werden auch sie zu euch kommen. Diese werden keinen Unterschied machen zwischen Jungen, Alten, Gesunden und Kranken. Dann werdet ihr wieder in der Angst leben. So wie damals, bevor ihr zu den Beherrschern dieses Planeten aufgestiegen seid. Deshalb: Ändert eure Gesinnung, ändert euer Verhalten zu dieser Erde!